— Otázka zní, jak získat hodinu času —

Marie Schmidt má důležitější starosti než její nefungující hodinky. Když totiž rozbité hodinky přinese k tajemnému opraváři, zjišťuje, že dostala neobvyklou příležitost: šanci znovu prožít jednu hodinu svého života. Osud však má přísná pravidla ohledně rýpání do minulosti, včetně zákazu vytvoření časového paradoxu. Je Marie schopna vyrovnat se s chybou, které lituje ze všech nejvíce?

„Krátké a hluboce dojemné čtení kolem tématu ze severské mytologie. Čas je dar a někdy i poslední šance..." – Dale Amidei, autor

„Velmi dojemný a dramatický příběh... kdybychom měli šanci změnit naši minulost, udělali bychom to?" – recenze čtenáře

„Možnost napravit skutek, jehož litujete nejvíce, je milionová příležitost!" – recenze čtenáře

Co kdybyste mohli něco udělat znovu?

HODINÁŘ

(Noveleta)

napsala
Anna Erishkigal

České vydání

Přeložil David Pilný

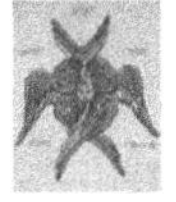

Publikoval Seraphim Press, Cape Cod, Massachusetts, USA.

SERAPHIM PRESS

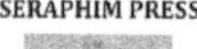

Cape Cod, MA

www.Seraphim-Press.com

Brožovaná edice
ISBN-13: 978-1-949763-65-2
ISBN-10: 1-949763-65-X

Elektronické vydání
eISBN-13: 978-1-949763-66-9
eISBN-10: 1-949763-66-8

Přeložil David Pilný
Korektura od Michala Tůmová

Věnování

Tuto knihu věnuji strýčkovi Hubertovi, vlídnému muži, který svůj život zasvětil péči o malé, avšak významné věci. Jsme si jisti, že s Tebou bude nebe fungovat jako švýcarské hodinky.

Mariina cesta

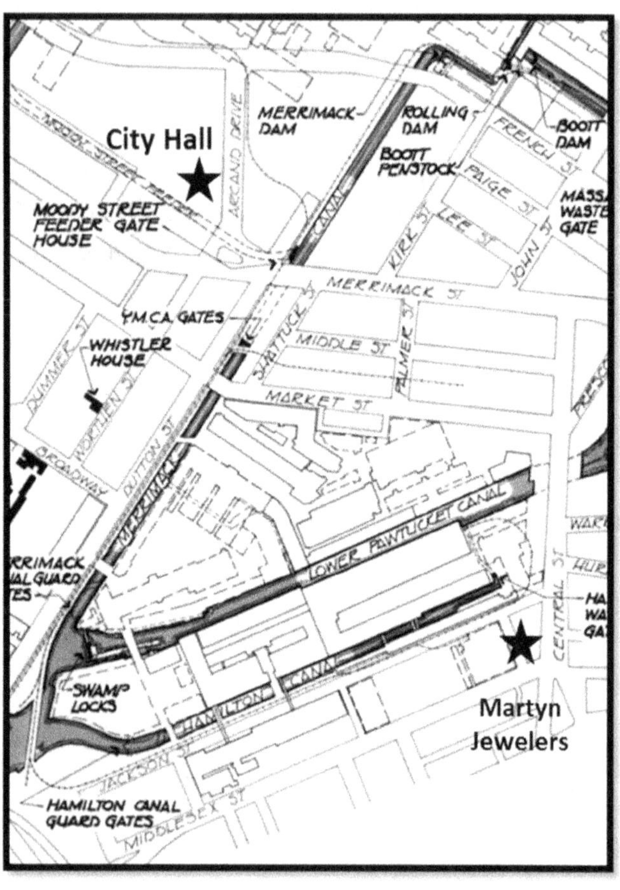

Kapitola 1

Hodinky se zastavily ve středu, dvacátého devátého ledna v 15:57. Jednalo se o obyčejný den plný obyčejných starostí, jako zda se dostanu do knihovny na druhé straně řeky včas, neboť jsem potřebovala dokončit svoji diplomovou práci. V tu chvíli jsem necítila žádný pocit ztráty či zdrcující hrůzy, i když jsem s těmito pocity žila celý život. Pouze pocit, že mi najednou vypršel čas. Musela jsem se na ty hodinky podívat alespoň dvacetkrát, než mi došlo, že hodiny na zdi se už dávno posunuly do budoucnosti, zatímco ty moje se zasekly v čase 15:57.

Dívala jsem z okna autobusu právě projíždějícího kolem textilek, jež se tyčily nad Boardinghouse Park jako obrovské citadely z červených cihel. Zelený altán stál opuštěný ve sněhovém rubáši a křehké rampouchy se třpytily na zdobném mřížování jako andělské slzy. Josef mě tam jednou vzal na jeden z těch veřejných koncertů, když ještě bylo teplo a dalo se sedět venku. Sevřela jsem pěst a přinutila se koukat z protějšího okna, předstírajíc zájem, aby si ten vrásčitý vietnamský stařec sedící naproti v uličce nemyslel, že zírám na *něj*.

Autobus zabočil za roh kolem řady třípatrových penzionů, které nyní ve městě výloh a kancelářských budov vypadaly jako z jiného světa. Celé generace žen během průmyslové revoluce opouštěly svá malá hospodářství pro práci v textilkách, stejně jako dnes mladí lidé opouštějí svá malá města pro studium na univerzitách. Stejně jako tehdy, i dnes existují pracovní pozice v masivních cihlových budovách lemujících kanály, které produkují technologicky vyspělou tkaninu: vědecké, technologické a inženýrské pozice.

Hrála jsem si se svými hodinkami a snažila si připomínat, že mé rozhodnutí bylo rozumné. Do tohoto města jsem přišla za lepším životem. Uniknout pasti brzké svatby a příliš mnoha dětí, do které spadla moje matka. Byla jsem premiantka. Bylo mi pouze dvacet dva. Měla jsem naplánovaný celý svůj život. Proč, proč tedy správná rozhodnutí tak bolí?

Autobus mě vysadil před budovou Woolworthu, ve které však za celé čtyři roky, co jsem navštěvovala massachusettskou univerzitu v Lowellu, nebyl jediný obchod. Ulice byly ucpané podrážděnými řidiči dychtivými po domově a svých rodinách. Autobus odjel a nechal mě stát opuštěnou ve sněhové závěji uprostřed centra, kde už obchody počínaly s blížícím se večerem zavírat. Paprsky chřadnoucího slunce svítily na obrovské zelené hodiny na vrcholku měděného sloupku, jejichž černé ručičky ukazovaly třičtvrtě na čtyři. Ale ne, už jen dvanáct minut! Minulost byla minulostí. Otočila jsem se a utíkala pryč s kabátem u krku a hodinkami poskakujícími na zápěstí.

I přes to, že mi cestou po Central Street praskala pod botami sůl z posypaného chodníku, málem jsem se ocitla na zádech u křižovatky s Lower Pawtucket Canal. Pod mostem závodil zástup ledových ker, který měnil roztátý sníh na záludně lesklou ledovku. Držela jsem se čerstvě natřeného zábradlí. Naštěstí město nový most dokončilo ještě předtím, než přišla zima, jinak bych si musela vytrpět několikakilometrovou zacházku. Ve městě, jemuž dominovaly jednosměrné ulice, dvě řeky a síť kanálů, se vzdálenost neměřila vzdušnou čarou, nýbrž tím, jak daleko je třeba jít k nejbližšímu mostu.

Šla jsem asi pět bloků kolem malých podniků bojujících o přežití až k místu, které můj telefon označil jako cíl cesty. Lidé mě několikrát pozdravili, hlavu jsem však držela sklopenou s obavou, že by náhlý oční kontakt mohl být důvodem k násilí. Čtyřpatrová cihlová budova s mansardovou střechou se úhledně stáčela kolem rohu, kde se křížily Central a Middlesex Street, jako jemný oblouk. Vytáhla jsem z kapsy malou bílou krabičku se zlatým ozdobným nápisem ‚Martyn Jewelers‘.

To byl můj cíl. Tady. Přesně tady mi Josef ty hodinky koupil.

Stejně jako většina budov v Lowell National Historic Park i tato byla zrestaurována do své původní viktoriánské krásy, s nevelkými okny obklopenými mohutnými, černě natřenými dřevěnými rámy. V jednom z těchto oken visela obrovská malovaná cedule s nápisem ‚výprodej‘. Hned pod ní droboučká cedulka ‚opravy hodinek‘.

Otevřela jsem dveře a okamžitě sebou trhla, když zvonky zavěšené nad nimi ohlásily můj příchod. Podle skleněných schránek na zdi jsem soudila, že obchod kdysi sloužil jako vstupní hala do horních pater. Tři z nich byly prázdné, zbylé dvě však byly úhledně naplněné náramky a šperky tak, aby člověk měl dojem, že ve schránce bylo mnohem více místa než ve skutečnosti.

Vysoký bělovlasý muž se nakláněl přes pult a soustředěně poslouchal ženu, která velmi živě mávala rukama. Podle jejích rovných černých vlasů a silného přízvuku mohla být odněkud z jihovýchodní Asie, možná z Kambodži nebo Vietnamu. Hodinář měl na brýlích malý monokl a prohlížel si něco, co Asiatku očividně velmi vzrušovalo.

Podívala jsem se na hodinky. Stejně jako posledních šest týdnů, i teď jejich ručičky stále ukazovaly 15:57. Hodinář kývl na znamení, že se mi bude věnovat, hned jako vyřídí zákazníka přede mnou. Hodila jsem po něm mdlým, nuceným úsměvem. Počkám. Muž byl vrásčitý, vyzáblý a nosil tenkou pruhovanou košili s kravatou. Kolik mu tak mohlo být, sedmdesát? Osmdesát? Ne. Jemu muselo být alespoň devadesát. Působil noblesně a jaksi věčně, že jsem se po chvíli vzdala uhodnout jeho věk.

Opřela jsem se o skleněnou schránku a rozhlížela jsem se po obchodě přemýšlejíc o tom, jestli bych si tu mohla vůbec něco dovolit. Ne. Každá moje penny byla pevně svázána s mým vysokoškolským vzděláním, mým únikovým plánem. Neměla jsem peníze na lehkovážnosti ze zlata. Kroutila jsem páskem mých rozbitých hodinek, mých zlatých Bulov, které pravděpodobně stály více než kterékoli šperky, co jsem kdy měla. Regály zkrášlovaly zeď rozličnými hodinkami, inventář byl však značně prořídlý, jelikož hodinky byly velmi praktický dárek a s padesáti procentní slevou mizely z regálů velmi rychle.

Kolik za *ně* Josef *proboha* zaplatil?

Na tom už nezáleželo. Nezměnila bych nic, co jsem tehdy udělala. Jediné, na čem teď záleželo, bylo nechat moje hodinky *okamžitě* spravit. Nemohla jsem snést jejich neustálých 15:57.

Kambodžská žena mluvila stále hlasitěji, nicméně se mi nezdála naštvaná. Nebýt její akcent tak silný, možná bych i mohla něco odposlechnout, ale nakonec kdo jsem, abych strkala nos do cizích záležitostí. Opřela jsem se o schránku a srdce mi skončilo až v krku, když mě jemné cinkání skla varovalo, že jsem málem něco shodila. K mému překvapení ležely na pultu tři skleněné poklopy, které jsem předtím považovala za prázdné. Před nimi úhledně napsaný štítek s jemnou kurzívou říkal:

—Otázka zní, jak získat hodinu času—

Uvnitř každého poklopu byly vystaveny hodinky, mnohem luxusnější a krásnější, než jaké jsem kdy viděla. První z nich byly stříbrné náramkové hodinky, nebo možná platinové, s LCD displejem ukazujícím čas a datum, časové pásmo a vteřiny, stejně jako zeměpisnou šířku a délku. Byly vystaveny na maličkém podstavci úplně stejně, jako by jeden mohl vystavit porcelánovou panenku. Zamžourala jsem a snažila se přečíst jméno výrobce, jenž bylo vytištěno starodávným, téměř nečitelným písmem. *Skuld*. Nikdy jsem takové jméno neslyšela. Že by bylo japonské?

Druhé hodinky se prakticky nijak nelišily od těch mých s jejich stříbro zlatým páskem a další barvou, která se podobala mědi. Měly starodávné ručičky a řada maličkých čísílek, stejně jako na prvních hodinkách, ukazovala datum a rok, časové pásmo a zeměpisnou šířku a délku. Na přední straně bylo vyraženo jméno výrobce: *Verðandi*.

Třetí byly kapesní hodinky na mohutném zlatém řetízku. Takovém, jaký jste mohli vidět v devatenáctém století. Hodinky byly rovněž zlaté se zdobeným pouzdrem, které chránilo jejich sklo. I tyto, stejně jako ostatní, ukazovaly datum a čas, časové pásmo a zeměpisnou šířku a délku. Jejich předek hrdě referoval k firmě jménem *Urðr*.

Napadla mě zvláštní myšlenka. Existovala vůbec v devatenáctém století oficiální časová pásma? Musela. Buď ano, anebo to musela být replika. Všechna tři zařízení vypadala šíleně draze, a i když u nich nebyla žádná cenovka, bylo jasné, že skleněný poklop bránil hlavně jejich odcizení.

Kambodžská žena konečně vyřídila, co potřebovala, ať už to bylo cokoli. Hodinář pokývl hlavou na rozloučenou. Nenápadně jsem sledovala, jak odcházela, předstírajíc zájem o něco jiného. Ačkoli měla ten strohý výraz tak typický pro ženy z Asie, z jejích svraštěných očí se dala soudit spokojenost. Zastrčila zlatou věcičku do kabelky a s uznalým kývnutím zmizela ve dveřích korunovaných závěsnými zvonečky.

Hodinářův obličej se rozzářil.

„A co mohu udělat pro Vás, slečno?"

Sundala jsem si rozbité hodinky ze zápěstí a připadala si úplně nahá.

„Moje hodinky se zastavily."

„Potřebujete novou baterku?"

„To už jsem zkoušela. Třikrát. V různých obchodech."

Hodinář vzal hodinky z mých natažených prstů. Odolala jsem nutkání trhnout rukou a zařvat: *„Nesahejte na ně!"* Opatrně je položil na malý sametový čtvereček a sáhl do krabičky pro útlé nářadí. Tohle už bylo počtvrté během šesti týdnů, co jsem někoho nechala moje hodinky vykuchat jak kus dobytka na jatkách. Z té myšlenky se mi zvedal žaludek.

Popondal si monokl a zíral přímo do vnitřností mých hodinek.

„Kdy přesně se zastavily?"

„V 15:57," řekla jsem. „Ve středu, 29. ledna."

Hodinář si mě prohlížel zvědavýma očima od hlavy až k patě. Byly to oči mnohem mladšího muže, úplně jiné než jeho přestárlé tělo. Čekala jsem, že mi začne klást otázky, on však čekal, až začnu mluvit já.

„Právě jsem končila svoji poslední přednášku," koktala jsem, „když jsem se na ně podívala a zjistila, že nefungují. Snažila jsem se je nechat spravit, v každém obchodě mi ale řekli, že hodinky posílají na opravu úplně někam jinam. Jste jediný člověk ve městě, který hodinky spravuje sám.

Hodinář pečlivě zkoumal můj výraz.

„Šest týdnů je dlouhá doba na to být bez hodinek," řekl. „Proč jste jim je nenechala k opravě? Do týdne byste je měla zpátky."

Mnula jsem si holé místo na zápěstí a rty se mi chvěly.

„Protože jsem nemohla snést myšlenku, že je pošlou neznámo kam!"

Hodinář zvedl hodinky a koukal přímo do jejich nitra. Jeho ruce byly vzhledem k jeho věku překvapivě klidné.

„Vše vypadá na první pohled v pořádku," řekl. „Budu si je tu muset chvilku nechat a podívat se pořádně, co se stalo."

„Jak dlouho?" Do očí mi vhrkly slzy.

Podíval se na mě soucitným pohledem.

„Už skoro zavíráme," řekl. „Někdy se však moje dcera trochu zpozdí, když mě jde vyzvednout. Co kdybyste si došla pro šálek kávy a já se mezitím kouknu, co se dá dělat? Přinejmenším zjistím, kolik bude stát oprava."

Kývla jsem, vděčná, že rozuměl.

„Já, ehm, myslela jsem, že by ještě mohly být v záruce?"

„To záleží," řekl. „Kde jste je kupovala?"

„Můj přít – ehm. Můj *kamarád* je koupil tady."

Vytáhla jsem malou bílou krabičku s ozdobně napsaným jménem obchodu. Hodinář se příjemně usmál.

„Dobrá tedy," řekl. „Podívám se na ně zadarmo. Jak se Váš *kamarád* jmenuje?"

„Josef. Josef Procházka."

Odkulhal k podivným regálům v rohu místnosti a poprvé za celou dobu jsem si všimla, že se těžce opíral a tříbodovou hůl. Chvíli se přehraboval v řadě dřevěných šuplíků.

„Říkala jste Joseph?" zeptal se.

„Josef," řekla jsem. „J-o-s-e-f. Je to, ehm, slovanské hláskování. Při posledních dvou slovech jsem ztlumila hlas, moje předsudky zněly urážlivě.

Hodinář vytáhl malou zažloutlou kartičku.

„Tady to je," řekl. „Josef Procházka. 198 South Street, Acre section, Lowell."

„Ano," zašeptala jsem. Tváře se mi začaly mírně červenat. Věděl, že se jednalo o sociální ubytovny?

Přikulhal zpátky a položil přede mne zažloutlou kartičku. Vedle položil maličkou obálku tak akorát velkou na moje hodinky. Začal vypisovat novou zákaznickou kartičku silným modrým perem. Na svůj věk psal překvapivě plynule.

„Jak se jmenujete, slečno?"

Ani nečekal na odpověď a napsal ‚*Marie Schmidt*'.

„To jsem já," zašeptala jsem. Kolik toho o mně věděl?

„Adresa?"

Dala jsem mu adresu mé koleje.

Hodinář zapsal ještě několik poznámek. Jak tak psal, zašilhala jsem na kartičku s informacemi o Josefovi. 389 dolarů zaplatil za moje Bulovy, 50 při koupi a poté splácel 20 dolarů týdně. Hodinky koupil v den, kdy poprvé řekl, že mě miluje a poslední platba byla zaznamenána v den, kdy mě vzal na večeři a zeptal se, jestli bychom mohli přestat vídat i jiné lidi a začít spolu oficiálně chodit.

Odvrátila jsem zrak, neschopna se dál dívat.

„Zavíráme v pět, nejspíš však zůstanu až do půl šesté," řekl mi. „Zastavte se předtím nebo přijďte zítra. Přinejmenším zjistím, co je s nimi špatně."

Odtrhl vyvolávací lístek s číslem.

Vděčně jsem pokývla.

„Pokud je *nebudete* moci opravit dnes, mohla bych si je vyzvednout a přinést je, až budete mít potřebné součástky?"

Hodinář studoval můj výraz.

„V čínské restauraci naproti vaří výbornou wontonskou polévku," řekl. „Pouze 40 korun za polévku a kousek chleba. Nebudete aspoň čekat v té zimě."

Opravdu jsem byla tak snadno čitelná? Zřejmě ano.

Zastrčil Josefovu kartu zpět do složky. Pak se zastavil a vytáhl druhou kartu.

„Tohoto mladého muže si pamatuji," řekl mi. „Napsal mi a ptal se, jestli bych mu druhou položku nemohl dát stranou. Každý týden mi posílal platbu, ale už si ji nikdy nevyzvedl."

Připadala jsem si, jako by mě někdo vyhodil z letadla.

„Kdy si to měl vyzvednout?" zeptala jsem se.

„Poslední platba měla datum splatnosti prvního března minulý rok, téměř před rokem."

Žaludek se mi sevřel, i když jsem už týdny nic pořádného nejedla. To byl den, kdy jsem se s ním rozešla. Den, kdy jsem odmítla se s ním vidět. Den, kdy jsem mu poslala zprávu, že se nechci svázat s mužem, který *tu* nebyl, aby mě miloval.

„Dovolte, abych se podíval," řekl. „Zbývalo zaplatit pouze dvacet dolarů, tak jsem to nechtěl dát zpátky do inventáře."

‚*Ne!*' chtělo se mi křičet. ‚*Nechci vidět, co to je!*' Nicméně jsem se udržela, neboť jsem si chtěla potvrdit své podezření.

Hodinář se odšoural do zadní místnosti. Skrz čtvercový výřez ve zdi jsem ho viděla se prohrabovat skrz police plné všemožných součástek. Odolala jsem touze vyběhnout ven ze dveří, zatímco on šteloval kombinaci k trezoru. Svět se zdál být nekonečně daleko ve chvíli, kdy přikulhal zpátky a položil malou černou krabičku na sametovou podložku.

„Mluvil o Vás velmi pěkně," řekl. „Každý týden společně s platbou poslal i dopis, kde mi o Vás vše vyprávěl."

„Pořád ty dopisy máte?" Oči se mi zalily slzami.

„Někde – " ukázal někam do zadní místnosti. „Jak můžete vidět, rád lpím na různých věcech. Nikdy nevíte, z čeho se může vyklubat něco důležitého."

„Uchopila jsem krabičku a celá se začala klepat, jakmile jsem pohladila černý samet. Zprudka jsem krabičku otevřela, rozhodnuta zjistit pravdu.

Překvapením jsem zalapala po dechu. Josef nekoupil zásnubní prsten, nýbrž rovnou pár ladících snubáků. Začala jsem prsteny zkoumat zevnitř. Maličkou kurzívou na nich byla vyražena naše jména.

Vzlykajíc jsem krabičku zavřela a položila zpátky na pult.

„Copak se s tím mladým mužem stalo?" zeptal se hodinář. „Vypadalo to, že pro Vás chce jen to nejlepší. Má hruď se zatřásla a já se zadusila hrozivou skutečností.

„Zemřel," zašeptala jsem. „Před šesti týdny v Afghánistánu.

Kapitola 2

Josef Procházka zemřel v Afghánistánu v 15:57 východního času. Stalo se tak během náhlého přepadení na osamělé horské silnici v provincii Paktíka. Josef byl v té době velitel hlídky, pro nějž vždy byla bezpečnost ostatních na prvním místě. Byl součástí záloh už když jsem ho poznala, armáda tehdy rekrutovala nové lidi na našem kampusu. Do aktivní služby nicméně nastoupil až téměř rok po tom, co mi řekl, že mě miluje a koupil mi ty hodinky

Nikdo mi neřekl, že je Josef mrtvý. Že zemřel jako hrdina. Tři týdny jsem zírala na své nefunkční hodinky a nemohla odhalit jejich závadu, neschopna je sundat. Kdybych na tržišti v den, kdy zrovna prodávali domácí chleba, nepotkala Josefovu sestru, pravděpodobně bych o jeho smrti nevěděla do teď.

Proč by také měli? Pustila jsem ho k vodě den předtím, než ho poslali do válečné zóny. Proč by se mi o jeho smrti vůbec někdo zmiňoval, když jsem mu řekla, že nehodlám čekat na muže, který se nemusí vůbec vrátit?

Kdyby Josef žil, byla bych tohle ráno na letišti a čekala na návrat jeho jednotky. Místo toho letěla jeho rodina do Washingtonu DC pro stříbrnou hvězdu a v tichosti ho pochovala na Arlingtonském národním hřbitově společně s ostatními padlými hrdiny.

Nevšimla jsem si, jak bulím, dokud hodinář vedle prstenů nepoložil krabičku kapesníků.

„Myslel jsem si, že se stalo něco špatného" řekl hodinář. „Proč by za tohle jinak platil a pak to nikdy nevyzvedl?"

Neměla jsem odvahu mu přiznat, že Josef si prsteny nikdy nevyzvedl, protože posledních 24 hodit před odletem strávil hledáním *mě*. Zatímco na koleji bušil na moje dveře, křičel moje jméno a zalykal se, já se schovávala v pokoji vedle obklopena kamarádkami a tiše vzlykala.

Popadla jsem kapesník a vysmrkala se.

„Dokážete to spravit?" ukázala jsem na hodinky.

Hodinář si popondal monokl a koukal hluboko do vnitřností hodinek.

„Lidé si myslí, že čas je jakási nezměnitelná síla, ale zachování času je choulostivá a komplikovaná záležitost." Strčil hodinky do obálky a protnul mě pohledem. „Přijďte zpátky za hodinu. Uvidíme, kde je problém."

Už jsem se měla k odchodu, když mi najednou hodinář strčil krabičku, kterou Josef kvůli zlomenému srdci nikdy nevyzvedl, do ruky.

„Chtěl by, abyste je měla," řekl mi.

Chtělo se mi říct ‚Tohoto dárku nejsem hodna‘, ale místo toho jsem řekla: „Jsem švorc, poslední penny jsem utratila za cestu sem."

„Josef zbytek splatil, když za naši zemi položil život. Je to pouze dvacet dolarů. Kdyby tu dnes byl, stejně by dostal slevu, jelikož obchod zavírám. Chci strávit zbytek času se svojí rodinou."

Měl takový ten tvrdý výraz, jež mi trochu připomínal Josefa. Výraz, co mají všichni vojáci. Napadlo mě, jestli pak není veterán?

„Dobře," zašeptala jsem. Vzal jsem krabičku a strčila ji do kabelky.

Otočila jsem se k odchodu, ale tu mě zaujaly tři skleněné poklopy. Na předu výlohy byl nalepený velký bílý karton, větší než první cedule. Na něm velkým červeným písmem stálo:

—*Otázka zní, jak získat hodinu času* —

Nezajímala jsem se o nějakou pitomou loterii, ale když jsem se dostala ke dveřím, našla jsem další štítek, na kterém stálo to samé:

—*Otázka zní, jak získat hodinu času*—

Otočila jsem se zpátky k hodináři.

„Jak mohu získat hodinu času?" zeptala jsem se.

Jeho oči zazářily překvapením.

„Tak vy je vidíte?"

Čelo se mi svraštělo, jak jsem byla zmatená.

„Samozřejmě, že je vidím," řekla jsem. „Na pultu jsou troje hodinky."

Hodinář se zatvářil vážně a přikývl. Prošel spletí prázdných skleněných výloh a zastavil se u skleněných poklopů.

„Co byste udělala – " tvářil se jako egyptská sfinga – „kdybyste se mohla na hodinu vrátit do jakéhokoli okamžiku vašeho života?"

„Šla bych do Afghánistánu a řekla Josefovi, aby neriskoval cestu do Paktíky."

Zvedl poklop, pod kterými byly nejstarší kapesní hodinky značky *Urðr*. Vzal si je do ruky a koukal na ně přes svůj monokl.

„V 15:57 už bylo příliš pozdě na to zachránit váš vztah."

Popotáhla jsem, jelikož jsem věděla, že měl pravdu. Josef byl mrtvý muž v okamžiku, kdy se jeho jednotka dostal do hor.

„Tak bych se tedy vrátila do chvíle, kdy Josefova jednotka stála na úpatí a řekla jim, ať je obejdou."

„Pohyb časem není to samé jako pohyb prostorem," pravil hodinář. „Jak se tam dostanete? A i kdyby, jak si můžete být jistá, že nezemřete Vy sama?"

Vztekem se mi sevřel žaludek.

„Teď jste krutý!"

Na hodináři byla vidět naprostá trpělivost.

„Ptala jste se mě, jak získat jednu hodinu času," řekl potichu. „Když ji získáte, jak si můžu být jist, že ji nepromarníte?"

„Myslela jsem, že mluvíme o výhře některých z těch hodinek?"

Ukázal na ceduli.

„Nápis říká, že můžete získat hodinu času, nikoli hodinky. Ujišťuji Vás, že tyto hodinky opravdu nejsou na prodej."

„Takže Vy určujete, kdo to bude?" zeptala jsem se. „Není to tak, že se tahají čísla z klobouku?"

„Pokud ty hodinky můžete vidět, pak už jste vyhrála," řekl mi. To *ony* určují, komu pomůžou. Já se o ně pouze starám.

„Ony?"

„Norny."

To, o čem mluvil, bylo až příliš fantastické, nicméně fakt, že moje hodinky od Josefa se zastavily v okamžiku, kdy zemřel, trochu oslabil moje racionální uvažování. Byla jsem zoufalá a hodinář mi znovu dal malou naději.

„Jak tedy mohu zabránit Josefově smrti?"

Hodinář se zatvářil smutně.

„Vlastnictví hodinek ještě nezaručuje jiný výsledek. Mnohdy nezáleží na tom, jak moc se snažíte, nemůžete změnit osud. Na malý okamžik můžete ovládat svůj úděl, ale osud vám nedovolí změnit úděl někoho jiného."

„Tak tedy řeknu *sama sobě*, abych řekla Josefovi, aby nešli tou horskou cestou."

„Nikdy se nesmíte potkat sama se sebou," řekl. „Pokud se tak stane, vytvoříte časový paradox a okamžitě se vrátíte do přítomnosti. Ani byste neměla očekávat nějakou výraznou změnu výsledku. Čím více se budete ve věcech šťourat, tím spíše vše bude jen *horší*."

Frustrace a neskutečnost toho všeho způsobily, že jsem začala být podrážděná.

„Kam se tedy můžu vrátit?"

„Je to *Vaše* minulost. Je pouze na *Vás,* kam až se vrátíte. Jediné, co mohu udělat, je nechat Vám hodinky na jednu hodinu k Vašemu uvážení.

Podal mi veliké zlaté hodinky značky *Urðr.* Pozorovala jsem propracovaný severský uzel, který byl vyrytý kolem okraje vnějšího víčka jako věnec, se třemi ženami uprostřed kolem kola. Jedna s ním točila, druhá tkala a třetí držela nůž. Hodinky byly teplé na dotek, jako kdyby je někdo právě vyndal z kapsy. Zabraly celou moji dlaň.

„Kamkoli půjdete, vždycky musíte začít i skončit v tomto obchodě. Vaše minulé já Vás nesmí vidět a nepodnikejte nic, co by mohlo Vaše minulé já přivést do maléru. Pokud způsobíte paradox, mohla byste se ztratit v čase, a to opravdu není příjemné místo, kde byste chtěla být."

Zkoumala jsem otočné knoflíčky, snažíc se zjistit, který co dělá. Hodinář ukázal na každý z půl tuctu knoflíčků.

„Tenhle ovládá hodiny a minuty," řekl, „a tenhle nastavuje datum a rok."

„A co časová pásma a zeměpisná šířka a délka?"

„Hodinky Vám nedovolí je resetovat na jiném místě než tady." Stiskl moji ruku. „Je téměř nemožné zvrátit událost, která vedla ke smrti. Ale někdy, pokud jste svědomitá, můžete někomu říct, že ho milujete a rozloučit se s ním."

Jeho oči se leskly, jakoby vyprávěl o svém zážitku.

Zatímco jsem zírala na předek hodinek, všechno jsem pečlivě promyšlela. Potom jsem přenastavila čísla. Tikání bylo stále silnější a silnější, jako kdyby hodinky chtěly, abych věděla, že každá sekunda byla vzácná. Že s každou z nich jsem se blížila tomu. skutečně něco změnit.

Tik. Tik. Tik.

Stiskla jsem prostřední knoflík.

Kapitola 3

Na okamžik jsem si připadala divně, ale všechno vypadalo naprosto stejně, jako předtím. Pouze hodinář stál u druhého pultu a v obchodě byl mladý pár, zřejmě z Haiti nebo Jamajky, soudě podle dlouhých dredů a rasta čepice. Podívala jsem se zklamaně na hodinky v domnění, že nefungovaly. Když jsem se však podívala zpátky na první pult, skleněné poklopy byly pryč. Na jejich místě teď stála skříňka s řetízky.

Hodinář se na mě podíval a usmál se.

„Hned budu u Vás slečno," řekl, „jenom tady pánovi a slečně pomůžu vybrat jejich snubní prsteny."

Koukal skrz svůj monokl a vysvětloval dvojici nejdůležitější věci, podle kterých vybrat diamant: barva, brus a čistota. Žena chtěla prsten s tím největším diamantem, ale hodinář ji přesvědčil k výběru menšího, ale chemicky čistějšího kamene. Jamajskému chlapíkovi se viditelně ulevilo, že menší prsten jde ruku v ruce s nižší cenou.

Hodinky byly na dotek horké, jako kdyby byly několik hodin na přímém slunci. Celý obchod vlastně vypadal mnohem jasněji a já si musela rozepnout horní knoflíky u mého kabátu. Vykoukla jsem z okna a čelist mi spadla překvapením.

„Vyšlo to." Podívala jsem se zpátky na hodináře, ale ten se stále věnoval mladé dvojici. Pozvedla jsem hodinky.

„Budu zpátky přesně za hodinu," řekla jsem. „Přesně jak jsme se domluvili."

Podívala jsem se na čas. Sedm minut jsem ztratila jenom tady v obchodě. Vyběhla jsem ven zvědavá, jestli cesta časem byla opravdu skutečná. Pořád byl březen, ale to ledové jaro, které zanechalo na chodnících půl metru sněhu a způsobilo zpoždění návratu přeživších vojáků Josefovi jednotky, bylo pryč. Tenhle březen byl mírný a příjemný, jako minulý rok. Už ani nebyl soumrak, nýbrž poledne. Slunce zářilo na zem z jihovýchodu, jako každý březnový den kolem jedenácté hodiny.

Dvacet minut mi trvalo, než jsem se sem dostala. Pět bloků kolem Merrimack Street a pak dalších šest bloků k odjezdové ceremonii na radniční náměstí. Čtyřicet minut. Třicet, jestli sebou pohnu. Ano, to zvládnu. Vše, co jsem musela udělat, bylo dostat se tam předtím, než Josef nastoupí do autobusu.

Špinavé závěje číhaly ve stínech, ale všude okolo jasné slunce tavilo led a zanechávalo chodníky čisté. Jak jsem pospíchala, korále potu mi začaly zdobit čelo. Vzpomněla jsem si, že tehdy bylo něco kolem 13 °C.

Central Street byla ucpaná jako obvykle. Úplně mě o mé cestě časem přesvědčila až oranžová cedule:

—*Objížďka. Most uzavřen. Na Church StreetBridge jeďte přes Warren Street.*—

„Ne!"

Utíkala jsem přes barikády. Během rekonstrukce Lower Pawtucket Canal Bridge byla silnice otevřena pokaždé v jednom pruhu. I během nejtěžších prací zůstal most otevřen pro pěší, jelikož ve městě plném kanálů obchodní komunita trvala na tom, aby se lidé mohli pohodlně dostat do obchodů. Avšak během jednoho příšerného týdne celá oblast v okolí centra byla držena jako rukojmí dělníky s pájecími lampami.

„Most je uzavřen, madam," řekl policejní strážník s vyhrnutými rukávy. „Budete muset přejít buď na Church Street nebo přes Dutton Street Bridge.

„Prosím! Musím se dostat na druhou stranu!"

„Tudy se na druhou stranu nedostanete," řekl policista. „Jak si můžete všimnout, museli sundat celou plošinu."

Kanály v Lowellu byly většinou tak deset metrů široké a lemované granitovými zdmi. Josef mi vždy vyprávěl, jak vždy spolu s ostatními spolužáky ze střední skákali do kanálu táhnoucí se skrz kampus a závodili na druhou stranu. Čin, za který by je okamžitě nechali po škole. Josef byl vždycky takový, odvážný přijmout jakoukoli výzvu.

V létě se kanály staly neobyčejně klidnými, letargické masy vody perfektní pro piknik či vyhlídkovou plavbu pořádanou správou parku. Časně z jara však kanály bývaly divoké a nebezpečné, se svými ledovými krami z náhle rozvodněné řeky Merrimack.

Vylezla jsem na provizorní drátěný plot, který stavební dělníci natáhli přes cestu, aby se zoufalí lidé (jako já) nepokoušeli přejít odkrytý most. Nepotřebovala jsem se ptát, jelikož už jsem znala všechna fakta. Most byl uzavřen již týden.

Odvážila jsem se právě proklouznout kolem pletiva a proběhnout kolem mohutných dělníků s helmami, kteří kolem tančili jako opice na laně ve výšce, tak, jako v cirkusu? Odvážila jsem jít po odkrytých traverzách, pod nimiž hučela divoká řeka s obrovskými kusy ledu, které čekaly na svoji zkázu v turbínách dole po proudu?

Hodinky v kapse byly stále hlasitější a v tom tikání jako bych slyšela hodinářova slova.

„Jak se tam dostanete? A i kdyby, jak si můžete být jistá, že nezemřete Vy sama?"

Ne. Nebyla jsem tak statečná.

„Slečno—" něčí ruka mi sáhla na rameno. „Tady nemůžete stát."

Leknutím jsem poskočila a zírala na stavebního dělníka. Byl velký, hnědovlasý, se slovanskými rysy jako měl Josef, ale místo toho, aby mě děsil, mě trochu utěšil. Chtěla jsem přiznat porážku, ale už jsem strachu jednou podlehla, a i kdybych nemohla změnit výsledek všech událostí, chtěla jsem se aspoň rozloučit.

„Můžete mi říct, jak se nejrychleji dostat na náměstí u radnice?" zeptala jsem se. „Prosím, mám opravdu naspěch."

Dělník ukázal zpátky, odkud jsem přišla.

„Jděte Central Street až k Jackson Street," řekl, „potom zatočte doprava na Canal Street, až k Appleton Mill. Přejděte most přes Hamilton Canal. Přijdete k bílé cihlové budově, která vypadá jako konec cesty, pokud ji ale obejdete, Canal Street pokračuje na druhý most. Probíhá na něm rozsáhlá rekonstrukce, ale jestli budete opatrná, dá se přes něj přejít pěšky. Vezměte to zkratkou přes Broadway Extension a přijdete hned na Dutton Street.

„Děkuji Vám," oči se mi zaplnily slzami.

„Jen buďte opatrná, až půjdete kolem stavidel na Swamp Locks," řekl. „Silnice je opuštěná. Leží tam spousta skla a suti. V noci bych tudy nikdy nešel, ve dne by to však mělo být v pořádku."

Podívala jsem se na hodinky. Ztratila jsem šestnáct minut, k tomu sedm dalších v obchodě. Třiadvacet drahocenných minut jsem promarnila z původní hodiny. Už mi zbývalo jen třicet sedm minut na to najít Josefa a říct mu, aby nikdy nešli přes tu zatracenou horskou silnici. Cesta navíc byla třikrát delší, než jsem původně plánovala.

Otočila jsem se a utíkala zpátky.

Kapitola 4

Je to nezměnitelné pravidlo lidského charakteru. Nezáleží na tom, jak špatní v něčem jste, vždy si rádi ukážete na někoho, kdo je ještě horší, jenom pro ten pocit říct „vida, není to se mnou zas tak špatné." Pokud jste jedni z těch šťastnějších, vždy si najdete empatii a soucit pro ty méně šťastné. Pokud jste však na spodním žebříčku, vždycky si najdete někoho, koho zesměšnit. Má rodina vždycky byla to druhé.

„Jen hezky jez, lidé v Africe by za to dali všechno," říkala vždycky má matka. Když ale skutečně byla možnost někomu pomoci, můj otec vždycky křičel „jen ať si hezky najdou práci!"

Já? Já jsem vždycky radši byla zticha. I když jsem nesouhlasila.

Když jsem potkala Josefa, všechny tyhle předsudky se otočily proti nim.

Josef navštěvoval lowellskou univerzitu díky vojenskému stipendiu, po dokončení školy tedy musel sloužit šest let v armádě. Jeho rodina byla vše, co můj otec nesnášel. Nejhorší bylo, že se Josef narodil ve východní Evropě. Myslím, že to byl hlavní důvod, proč jsem se snažila držet náš vztah v tajnosti. Věděla jsem, že moje rodina by mě odrazovala od vztahu s ním a kdyby se tak stalo, neměla bych odvahu je poslat do háje.

Utíkala jsem skrz Jackson Street, dlouhým, cihlovým kaňonem mezi budovami textilek, které vrhají na celou ulici stín. V některých z nich byly postaveny byty, ale ve městě je stále více textilek než společností, které lidem mohou dát práci. Nejedná se o sociální ubytovny, nýbrž o luxusní byty. Když jsem je však ukázala svému otci, odsekl, že by to klidně ubytovny mohly být.

Já? Já je považovala za velmi pěkné. Na cihlových budovách je něco zvláštního, díky čemu si připadáte útulněji.

Canal Street Bridge byl malý a nově zrekonstruovaný most, udržovaný společností, která vlastní část textilky hned vedle. Rozléhá se nad Hamilton Canal, což je slepá větev většího kanálu, která nepohání žádnou turbínu na Appleton Mill. Přeběhla jsem přes most a skrz parkoviště. Jak stavební dělník slíbil, na konci Canal Street stála velká bílá budova, na jejíž levé straně stála cedule ‚zákaz vstupu'.

Zírala jsem na neodhrabaný sníh a ledovou pokrývku pod ním. Nebýt zamrzlých stop, ani bych nevěřila, že tu vůbec byla cesta. Pospíšila jsem si kolem cedule a doufala, že mě nikdo neuvidí.

„Promiňte, slečno!"

Muž v modré uniformě se mě snažil dohnat. V takové, jakou by mohl nosit hlídač. Zrychlila jsem, odhodlaná přejít přes most.

„Slečno! Tohle je soukromý pozemek."

Uklouzla jsem na sněhu a téměř spadla. Otočila jsem se k hlídači a moje srdce bušilo jako o závod. Poprvé v životě jsem čelila autoritě.

„Prosím! Musím se dostat na druhou stranu."

„Nemůžu Vám dovolit jít tudy," řekl. „Není to bezpečné. Most není udržovaný."

Hodinky v kapse tikaly hlasitěji, připomínajíc, že jsem už promarnila značnou část času. Kdybych udělala, co říkal, mohla bych zmeškat Josefův odjezd. Rozběhla jsem se s odhodláním, že mě v jeho dostihnutí nic nezastaví.

Hlídač za mnou křičel, ale neměl v úmyslu mě pronásledovat. Betonová barikáda se táhla přes polorozpadlou silnici, ale to byla jen malá překážka a vzhledem k množství graffiti na ní jsem nebyla jediná, kdo tudy chodil. Překročila jsem barikádu vděčná, že slunce odhalilo holá místa na silnici.

Chodník byl stále hrbolatější a rozbitější, ale jak stavební dělník slíbil, špatně udržovaný most se táhl přes Lower Pawtucket Canal. Po mé levici vodopád známý jako Swamp Locks rozděloval kanál na tři různé části, zatímco po proudu jsem mohla vidět Central Street Bridge procházející rekonstrukcí. Za celé tři roky, co jsem ve městě žila, jsem netušila, že tahle zkratka existuje. Nebýt tu tolik rozbitého skla, vodopád by byl krásný.

Uvědomila jsem si, že nejsem sama a zrychlil se mi tep.

„Hej, *chica!*" pokřiklo na mě pět mladíků. Všichni nosili barevné sportovní bundy, které ukazovaly napojení na gang. „Přišlas na naší party?"

Vypadali jako teenageři, možná zatahující školu? Ale nejstarší měl surový, hladový pohled. Zíral na můj rozkrok a olizoval si ret. *Ten* nebyl žádný teenager! Hlavu jsem měla skloněnou, rozhodnuta, že si nebudu všímat, co se děje na mostě.

„Aleee… nebuď taková, *chica!*" Jeden z těch mladších se ke mně začal přibližovat. „Snažíme se jen být milí."

Zbývalo mi buď jít zpátky k hlídači do bezpečí, nebo se prorvat kupředu k radnici za Josefem. Proběhla jsem kolem nich. Pokřikovali na mě *bonita*, ale naštěstí mě dál nepronásledovali.

Cesta za mostem byla rozbitá a plná rozbitého skla, špinavých plen a plevelu rostoucího skrz rozbitý chodník. Naštěstí však žádní lidé. Tahle zkratka mi ušetřila čas, který jsem tak zoufale potřebovala.

Podívala jsem se na mapu, kterou jsem si předtím vytiskla, abych našla zlatnictví. Tahle zkratka nebyla na mapě, ale všimla jsem si parkoviště u Dutton Street. Moje srdce se rozbušilo o něco rychleji. Objížďka mě zavedla dále, než jsem chtěla. I kdybych pospíchala, nemusela bych vše stihnout.

Začala jsem utíkat.

Kapitola 5

Básník Jack Kerouac vyrostl v Lowellu, navštěvoval místní střední školu a posmrtně získal titul na lowellské univerzitě. Josef k Jackovi vzhlížel jako k synovi imigrantů, a i když to v žádném případě nebyl učenec, často mi předčítal úryvky z jeho knihy *Na cestě*. Josef se upsal ROTC, protože chtěl poznat svět. S jeho omezenými prostředky bylajedinou možností, jak toho dosáhnout, armáda.

Tuhle část jsem se během vztahu s ním snažila zapomenout: jeho patriotismus, nekonečně dlouhé každodenní tréninky, a jak vzhlížel ke svým dvěma bratrancům, kteří se právě vrátili z Iráku. Bylo jednoduché snít o cestování po světě a ignorovat, že se Josef prakticky vzdal šesti let svého života. I kdybych ho znala ještě předtím, než ten kus papíru podepsal, pochybuji, že bych byla schopná mu to rozmluvit. A navíc tohle stejně bylo to, co jsem na něm milovala nejvíce. Jak byl starostlivý. Jak statečně jsem si připadala, kdykoli jsem byla s ním. Byla jsem taková, že jsem v podstatě vykukovala zpoza učebnic, až díky Josefovi jsem se pomalu přestala schovávat.

Správa národního parku nechala postavit nádhernou cihlovou promenádu podél Merrimack Canal, zatímco na druhé straně vedla železnice. S Josefem jsem se tam šla jednou podívat na výstavu Jacka Kerouaca. Naznačil mi, že chce, abych s ním cestovala. Úsečně jsem odvětila, že mi ještě zbývá jeden rok na vysoké. Smál se. Prý okamžitě odletí na svoji misi, aby byl zpátky hned jak dostuduji.

Věděla jsem, že mě Josef nejspíš požádá o ruku ještě před odjezdem. Naznačil mi to už když armáda aktivovala 182.

pozemní jednotku a jeho naznačování bylo v každodenních dopisech, co posílal, čím dál tím méně nápadné. V jeho dopisech jsem objevila i jeho citlivou stránku, a to mě děsilo. Spoléhala jsem na to, že Josef bude silný pro *mě*.

Bolestivě jsem lapala po dechu, když jsem přebíhala povalující se cihly a snažila se nezakopnout. Naproti přes ulici stály obchody rozličných, cize znějících jmen. Tento kanál dělil město na část, kterou spravovala Správa národního parku, a na část, kde *,tito lidé'* žili. Ti, kteří žili v sociálních bytech kolem řeky Merrimack. Běžela jsem kolem několika mladých členů nechvalně známého asijského gangu. Přidala jsem na rychlosti, i když za bílého dne bylo nepravděpodobné, že by se o něco pokusili.

Hodinky tikaly hlasitěji na znamení, že mi zbývá pouze jedenáct minut. Promrhala jsem čtyřicet devět minut! Čtyřicet devět minut, kdy jsem mohla Josefovi omluvit a dát muži, kterého miluji, sbohem. Snažila jsem se ignorovat píchání v boku, které jsem kdysi používala jako výmluvu, když mě Josef pozval, abych ho doprovázela na jeho fyzický trénink.

Bože, jak byl krásný! Vysoký, svalnatý se světle hnědými vlasy a s úsměvem, který ozářil celou místnost jako polední slunce. Byl to právě jeho úsměv, který si získal moji pozornost, když jsem byla schovaná vzadu během vojenské přehlídky, zvědavá, proč muži v uniformách najednou přepadli náš kampus. Když už jsem byla na odchodu, zakopla jsem a upustila všechny své knížky a ten nejhezčí ROTC student mi je pomohl posbírat. Poprvé v životě jsem se odvážila usmát se zpátky na někoho tak vysokého a mužného, a když se mě pak snažil získat, trvalo mi hrozně dlouho, než jsem si připustila, že jeho zájem byl skutečný.

— *„Je s tebou jen aby získal vízum,"* říkal vždycky můj otec. *„Vezme si tě a hned jak ho dostane, rozvede se s tebou."*

— *„Ale Josef přihlásil do armády kvůli občanství,"* křičela jsem zpátky. *„Nepotřebuje vízum, aby zůstal."*

— *„Je cizinec!"*

— „A co je na tom?"

— „Jeho matka je rozvedená!"

— „Není to její chyba, že ji její manžel týral. Rozvedla se s ním, protože to byl ožralej tyran."

Eliška Procházková podle mě byla tygřice. Matka samoživitelka, která na rozdíl od *mojí* matky odmítla jen přihlížet, jak její manžel týrá svoje děti. Proč, proč jenom jsem se mých rodičů ptala na radu, když říkali tak příšerné věci?

— „Pokud si toho Slovana vezmeš, skončíš chudá na celý život!"

Běžela jsem stále rychleji se slzami v očích, že jsem nebyla dost silná na to zůstat od nich co nejdál, zatímco Josef odjel na výcvik. Cítila jsem se osaměle, a tak jsem odjela domů a svěřila se rodičům, že miluji muže, který právě vstoupil do armády.

Bylo jim jedno, když jsem jim vysvětlovala, že nikdo nepracoval tvrději než Josef. Nezajímali se o to, že během studií měl velmi solidní známky, že si vzal druhou práci, aby mi mohl koupit zlaté hodinky, nezajímala je ani jeho hodnost v ROTC, což byl Josefův lístek na vysokou. Když odjel na výcvik, hrdě mi psal o svém povýšení na podporučíka. Plat podporučíka už byl dost na to, aby uživil rodinu. Aspoň to mi tehdy naznačil.

Ale Josef *tu* nebyl, když odjel na cvičení, a tak jsem se stáhla zpátky do své skořápky. Připlazila jsem se zpátky ke své rodině pro radu. Nebyla to však nenávistná slova mého otce, nýbrž jemně pronesená slova mojí matky, která ve mně zažehla nepopsatelný strach:

— „Požádá tě o ruku, takže na něj budeš celou dobu, co bude pryč, čekat, a hned jak se vrátí, odkopne tě pro nějakou lepší."

Hodinky v mojí ruce stále tikaly. „Lepší, lepší, lepší." Nebyla to ani otázka, jestli je Josef dost dobrý pro *mě*. Měla jsem spíš strach, jestli jsem dost dobrá pro *něj*!

Po tvářích se mi začaly kutálet slzy a já si začala uvědomovat, že to nejspíš nezvládnu.

„Dost už," křičela jsem na neviditelný přelud. „Tentokrát o svém osudu rozhodnu sama!"

Shodila jsem batoh s dvaceti kily učebnic. V dáli jsem spatřila granitový obelisk, který uctíval památku vojáků padlých během občanské války. Nad ním se tyčila radnice s obřadem vzdávajícím poctu mužům doprovázející 182. pozemní jednotku do Afghánistánu.

Proud potu mi tekl po zádech, když jsem dosáhla Merrimack Street a letěla přes přechod ignorující červenou. Auta prudce zastavila a začala troubit, ale já se hnala dále přes poslední most, odhodlaná se dostat na náměstí včas.

Lowellská radnice se nad náměstím tyčila jako zámek z pohádky, lesknoucí se v záři slunce a postavená z tesaného stříbrného granitu, spojující gotickou a románskou architekturu. Na jejím středu stoupala do výše věž s obrovskými hodinami, jejichž mohutné rafičky ukazovaly 11:53. Už jsem začala panikařit, než jsem si uvědomila, že hodiny na věži jdou o minutu napřed. Mám ještě osm minut. Osm minut na to najít Josefa živého.

Úplně jsem funěla, když jsem běžela kolem obelisku a bronzového andílka držícího vítězný věnec. Jeho jemné křivky mi dodaly odvahu. Značily, že cíl je na dosah ruky. Sedm minut. Už jsem skoro u cíle.

Archand Drive byl zasypán pod vrstvou aut. Auta bránila výhledu na dva olivově zelené autobusy. Právě jeden z nich měl odvézt mého Josefa pryč. Propletla jsem se mezi auty a pak kolem lidí, kteří zaplnili náměstí, zatímco starosta hlásil, jak pyšné je město na své vojáky. Diváci byli převážně jiné národnosti a spousta z nich se oblékla lépe, než kdyby se účastnili promocí.

„Pusťte mě!" křičela jsem a nedbala ostatních kolem sebe. Jediné, co jsem musela udělat, bylo říct Josefovi, aby nešli tou zatracenou horskou cestou. Zbytek jsme mohli probrat, až se vrátí.

Přede mnou se objevil stín a ženská ruka mě odstrčila zpátky.

„Co *ty* tady děláš?"

Zastavil se mi dech a vytřeštěně jsem zírala na Josefovu matku. Přede mnou stála Eliška Procházková, ukrutná tygřice odhodlaná bránit svoje mládě před flundrou, která mu sdělila po esemesce, že už ho nechce vidět. Na obou stranách stáli jeho mladší sestra a bratr s nepřátelským pohledem.

„P – p – přišla jsem se s ním rozloučit."

„Nezasloužíš si mého syna!"

Ustoupila jsem zpátky, protože jsem věděla, že nehledě na to, jak moc jsem škemrala, Eliška by mě projít nenechala. Když Josef odjel, šla jsem se zeptat jeho matky, k jaké jednotce byl přiřazen, abych mu mohla napsat a žádat o odpuštění. Eliška Procházková mi tehdy plivla do obličeje se slovy, že pokud Josef zemře, bude to jen moje vina, protože mu už smrt byla lhostejná.

„Měla jste pravdu, měla jste pravdu," bulila jsem a míchala minulost s přítomností. „Nezasloužím si ho. Ale prosím! Musím mu říct, aby se nevydávali přes hory."

Dopisy se k Josefovi nikdy nedostaly a pokud ano, všechny je vrátil neotevřené. Byl vášnivý a loajální, ale až moc pyšný na to, aby se připlazil zpátky k tak povrchní děvce, která ho tak zradila den před jeho odjezdem.

Moje škemrání s ní očividně pohnulo, jelikož ustoupila stranou, ale její oči byly stále plné výčitek.

„Zlomila jsi mu srdce!"

Přikývla jsem. Co jiného jsem mohla říct.

Hodiny na radnici začaly odbíjet dvanáctou, hluboké, zlověstné tóny" Tum. Tum.

Eliška ukázala na muže v zelené uniformě, všechny v jedné řadě obklopené policií ze stanice, která rovněž byla součástí náměstí. Spousta strážníků byla rovněž z řad veteránů a Josef doufal, že jednou doplní jejich řady. Začala jsem běžet a nedbala na to, že běžím skrz řadu policajtů.

„Josefe!" mávala jsem zběsile. „Josefe!"

S jeho ostříhanými vlasy a pohublým obličejem z tréninku bych ho skoro ani nepoznala. Josef zaváhal a pak opustil řadu navzdory rozkazům. Vypadal mnohem větší než předtím se svými širokými rameny. Jako by ho trénink naučil nést tíhu celého světa.

Zatímco jsem se mu vrhla do náruče a začala hystericky brečet, hodiny na věži odbíjely dvanáctou.

„Nejděte horskou cestou, nejděte horskou cestou," koktala jsem v slzách. „Bože! Prosím nejděte horskou cestou nebo vás zabijí."

Josef se na mě podíval velmi zmateně. Bála jsem se, že mě odstrčí pryč, ale na jeho obličeji se nakonec rozzářil úsměv.

„Drahoušku, tak ty ses se mnou přišla rozloučit?"

Hodiny na věži utichly. Čekala jsem, že najednou celý svět skončí, ale Josef byl pořád naživu a já v jeho náruči, jeho tělo skutečnější než kdykoli předtím, teplé, a tak krásné jako vždycky.

„Moc mě to mrzí," pohladila jsem ho po tváři. „Miluji tě! Bála jsem se, že mě opustíš pro někoho lepšího. Nikdy jsem své rodiče neměla poslouchat."

Hodinky v mé ruce začaly zvonit a mé srdce se naplnilo strachem. Hodiny na věži šly o minutu napřed, ale když *Urðr* začala odbíjet poledne, můj čas s Josefem byl u konce.

Josef mě obejmul a celý se třásl. Jeho oči se leskly v poledním slunci. „Nečekal jsem, že přijdeš."

Naklonil se, aby mě políbil a naše rty se setkaly. Přesně v tu chvíli hodinky zazvonily po dvanácté a Josef se v mé náruči rozplynul. Zoufala jsem se snažila se ho držet, zůstat s ním a naposledy vdechnout jeho dech, ale už tu nebyl. To už byla minulost a já se musela smířit s přítomností. Lidé se rozplynuli. Starosta se rozplynul. Dva autobusy, které ho dostaly až k letadlu, aby odešel bojovat cizí válku do zvláštní země se rozplynuly a já zůstala stát sama rozpažená uprostřed náměstí toužící po stínu, který už byl šest týdnů mrtvý.

Zaklonila jsem hlavu a začala křičet, protože se nic nezměnilo. Dala jsem Josefovi sbohem, to jediné jsem udělala.

Zavrávorala jsem před schody, které vedly k policejní stanici, sedla si a začala brečet. Kolem mě prošel na první pohled šťastný pár. Ženě pod jejím zimním kabátem koukaly bílé šaty a muž, z celé situace trochu malátný, měl svatební smoking. Oba byli očividně na cestě na radnici za oddávajícím.

Kolem mě prošel policejní strážník a ptal se, zda jsem v pořádku. Zalhala jsem, že jsem jenom uklouzla na ledu, jelikož už nebyl ten nádherný jarní den, kdy jsem se jako zbabělec schovávala na koleji. Ne. Tohle byl den, kdy se měl Josef vrátit, kdyby ho bývali nezabili.

Strážník mi pomohl se zvednout a varoval mě, abych dávala pozor na náledí. Podívala jsem se na hodiny na věži, které teď ukazovaly 17:25. Slíbila jsem hodináři, že budu zpátky předtím než se hodinky zresetují. Mohla jsem udělat jen jediné: vrátit magické hodinky a vyzvednout si ty od Josefa.

Se svěšenými rameny jsem se vlekla skrz Merrimack Street s jistotou, že teď už mi žádní dělníci nebudou blokovat cestu před Lower Pawtucket Canal Bridge.

Kapitola 6

Zašla jsem si vyzvednout svůj odhozený batoh, ale ten už byl dávno pryč. Upřeně jsem zírala, jak se autobus blížil k zastávce, s okny rozsvícenými, které mi dávaly jistý pocit bezpečí a tepla mojí koleje. Měla jsem ale hodinky, co jsem musela vrátit, a tentokrát jsem hodlala svůj slib dodržet.

Zastavila jsem se na Lower Pawtucket Canal Bridge a koukala na temnou, ledovou vodu, jež se co nevidět měla opět setkat s řekou Concord. Na okamžik jsem pomyslela na skok dolů, ale to by bylo příliš jednoduché a zbabělé řešení. Josef by to nechtěl. *Kdyby* most nebyl před rokem zavřený, dostala bych se tam včas a mohla Josefovi vysvětlit, proč by neměl jít přes hory. Co kdybych všechno *nepokazila* den před jeho odjezdem? Co kdybych si ho ten den vzala, jak nejspíše chtěl? I kdybych si ho vzala, změnilo by to něco?

Pod mostem proplula ledová kra odrážející poslední paprsky umírajícího slunce.

Ne. Nic by se nezměnilo. Zamilovala jsem se do vojáka a až by nadešel čas, Josef by dobrovolně položil život za svoji zemi. Josef by mi jenom psal každý den, stejně jako na výcviku a pravděpodobně by mi ukázal, že stejně jako jeho idol Jack Kerouac, i on má duši básníka. Tohle by bylo jinak. Pořád bych ale byla osamělá a ničil by mě žal a bůhví, jak moc by mi chyběl. Moji rodiče by mi řekli: „Vidíš? Zahodila jsi celý svůj život," ale bylo by tomu skutečně tak?

„Aspoň jsem ho měla na chvíli," řekla jsem ledové vodě pod mostem. „Aspoň za to bych měla být vděčná."

Můj dech se mlžil ve studeném vzduchu, jak jsem se vlekla zpátky do zlatnictví. Pořád jsem mrzla, ale nebylo to tak hrozné, jako předtím.

Lowell je úplně jiné místo, když všechny obchody zavřou a ulice utichnou. Hlavně v zimě, kdy jediní lidé na ulici jsou bezdomovci a gauneři. Je to nádherné město, postavené kolem řady řek a kanálů, ale po uzavření všech textilek je relativně chudé. Městu jsem se pro bezpečí univerzitního kampusu vždy vyhýbala.

Dlouhé stíny se děsivě plížily z průchodů. Starý pán držící hnědou papírovou tašku na mě žebral několik drobných. Dva gauneři kolem mě prošli a začali na mě pokřikovat, oba nosící stejné bravy gangu, jako ty děti dopoledne. Nebo to bylo minulý rok? Ještě včera by mě jakákoli z těchto věcí vystrašila natolik, že bych se běžela schovat zpátky na kolej, ale dnes má touha prožít den Josefova plánovaného návratu a nechat jeho hodinky spravit mě konečně donutily překonat svůj strach.

Muž s kapucí mě zastavil před Copper Kettle, zatímco potahoval z cigarety bez filtru. Smrděl pivem, i když ještě bylo docela brzo, a vyfoukl kolečko z dýmu.

„Ahoj zlato—" udělal obscénní gesto, zatímco si sahal do rozkroku. „Potřebuješ světlo?"

„Zpátky—" narovnala jsem ramena, abych vypadala větší, přesně jak mě učil Josef. „Nebo tě nakopu do koulí!"

Propichovala jsem ho pohledem, dokud mi neustoupil z cesty. Rozvážně jsem kolem něj prošla připravená ho kdykoli praštit, kdyby se na mě pokusil sáhnout. Nakonec jsem dosáhla půvabné cihlové budovy se zlatým nápisem, který ukazoval, že budova byla pozůstatkem z mnohem noblesnější, přívětivější doby. Závěsy byly zatažené a nápis na dveřích říkal ‚zavřeno', ale vzadu jsem jasně viděla svítit světlo.

Zaklepala jsem a doufala, že nejdu pozdě. Přinejmenším jsem potřebovala vrátit *Urðr*. Byl to všechno snad jen sen?

Možná, jelikož neuběhla skoro žádná doba. Jediná otázka byla, který rok jsem sem přišla.

Stín protnul světlo uvnitř zlatnictví a o pár vteřin později se dveře otevřely a v nich stál hodinář nosíc zvláštní brýle, na kterých bylo nasazeno několik monoklů najednou.

„Ach, mladá slečno. Přišla jste zpátky," řekl. „Myslel jsem si to. Požádal jsem dceru, aby mě vyzvednula o něco později. Jste dnes druhým zákazníkem, který požádal o zvláštní laskavost."

„Neměl jste strach, že s hodinkami uteču pryč?"

„Ovšem, že ne," řekl, „hodinky se starají samy o sebe. Já je pouze udržuji v chodu."

Mnoucí si ruce jsem vklouzla dovnitř, a snažila se je přivést k životu. Můj batoh byl pryč a s ním i…

„Prsteny…"

Ale ne! Josefovy prstýnky byly v mém batohu! V tom, který jsem ztratila v minulosti!

„Vaše věci jsou támhle—"ukázal na pult se skleněnými poklopy. „Nesmíte za sebou nic nechat. Pokud lidé v minulosti něco ztratí, najdou své věci uložené tady.

„Vždycky?" zeptala jsem se.

„Pouze někdy." Jeho modré oči zableskly. „Osud nechce, aby mladé slečny ztrácely své učebnice."

Dala jsem mu *Urðr* a on odkulhal k pultu je pečlivě uložit pod poklop. Všechny troje hodinky jaksi vnitřně světélkovaly. Pochybuji, že se jednalo o záři křemenu. Jejich záře nejspíš nějak souvisela s jejich schopností přenášet časem.

„Co se s nimi stane, až odejdete do důchodu?" zeptala jsem se.

„Najdou někoho jiného, kdo se o ně bude starat," řekl. „Jsou velmi vybíravé v tom, komu pomůžou a mnohem vybíravější ohledně toho, koho o sebe nechají denně pečovat."

„Nemohl byste je použít k tomu, abyste získal nesmrtelnost?"

„A proč bych to dělal?" Ukázal na obchod s výprodejem. „Už jsem žil dostatečně dlouho a lituji pouze pár věcí. A ať už se jedná o tenhle život nebo o ten další, vždycky zůstanu obklopen rodinou."

Do očí mi vhrkly slzy, ale nebyly to slzy žalu, nýbrž nějaké jiné emoce. Možná snad úleva?

„Uvidím ho ještě?" zeptala jsem se.

„Srovnala jste se se svými špatnými pocity?"

„Ano," řekla jsem. „Nebo alespoň myslím, že ano."

„Tak se s ním tedy uvidíte," řekl. „Myslel na Vás jen v dobrém. Psal o Vás při každé platbě."

Donesl svazek dopisů omotaný gumičkou a hned vedle nich položil moje hodinky a šedý sametový čtvereček.

„Opravil jste je?"

„Ano—" nasadil mi hodinky na zápěstí. „Je zajímavé, jak někdy nepatrná nečistota dokáže zastavit celý mechanismus, ale jakmile ji odstraníte, hodinky fungují jako nové."

Hodinky konejšivě tikaly na mém zápěstí. Ručičky nyní ukazovaly 18:08, nikoli 15:57.

„Děkuji Vám," řekla jsem.

Někdo zaklepal na dveře. Hodinář koukl směrem ke dveřím a usmál se.

„Aaa… to bude můj poslední zákazník." Ukázal na dveře. „Mohla byste to prosím vzít za mě?"

Šmátrala jsem klíčem v zámku a zatáhla za dveře. Nade mnou se tyčil hubený, opálený muž v maskáčové bundě a džínách. Jeho obličej byl unavený, ale jeho oči pořád plné nadšení.

„Josefe?"

Zamrkala jsem a pak se štípla. Nemohla jsem tomu uvěřit. Potom jsem se mu vrhla do náruče.

„Josefe!!!"

Objala jsem ho a brečela, potom ho políbila, a tak pořád dokola, až mu moje slzy úplně promočily bundu.

„Co se děje, zlato?" Josef se na mě podíval. „Stalo se něco?"

„Ne, ne, všechno je v pořádku," bulila jsem. „Já jen… myslela jsem, že jsem tě ztratila?"

„Jenom mi chvíli trvalo, než jsem našel místo k parkování, toť vše," řekl Josef. „Je to už dávno, co jsem řídil jako civilista a trvalo mi věčnost zajet v tak hlubokém sněhu. Potrvá mi tak šest týdnů, než si zase zvyknu řídit tady."

Podíval se mi na zápěstí.

„Takže je zvládl opravit?"

„Co?"

„Tvoje hodinky," řekl Josef. „Ptala ses mě, jestli bych tě nemohl vyhodit před obchodem, aby sis nechala vyměnit baterii, ještě než zavřou."

Podívala jsem se na hodináře, který se tvářil spokojeně. Jak si mohl pamatovat obě časové linie, když já si pamatovala jen jednu?

„Já, ehm, jo," vykoktala jsem ze sebe. „Ještě jsou v záruce."

Josef popošel k hodináři a potřásl mu rukou. Nebylo to obyčejné podání ruky, bylo to podání ruky, které si dávají dva vojáci.

„Pane Martyne, je skvělé Vás znovu vidět."

„Schoval jsem to pro Vás, synu. Přesně jak jste psal," řekl hodinář. „Musíte být rád, že jste zase v zemi živých?"

Dal Josefovi malou, černou sametovou krabičku do ruky a rošťácky mrkl.

„Děkuji Vám, že jste to pro mne schoval," řekl Josef.

„*Já* děkuji," řekl hodinář, „že jste tomuto příběhu dal šťastný konec."

Josef mě vzal za ruku a vedl mě ven z obchodu.

„Jsi v pořádku, zlato? Vypadáš, jako bys právě viděla ducha."

Objala jsem ho kolem krku a znovu ho políbila. Když jsem ho konečně nechala vydechnout, šli jsme pomalu skrz potemněné ulice k půjčenému autu jeho matky. S Josefem po boku město vypadalo laskavé a okouzlující. Jeho ruka byla teplá, pevná a hlavně *skutečná*, jako kdyby vše, co se stalo, byl jen nějaký zlý sen.

„Musím se zeptat," řekla jsem konečně. „Když jsi byl v Afghánistánu, jeli jste tou horskou cestou do Paktíky?"

Josefovy oči ztemněly a na okamžik vypadalo, jako bych měla dvě různé vzpomínky: tu, jak Josef zemřel a tu, kdy mi Josef psal, jak byl nucen zabít dětské vojáky z Talibanu, o nic starší než třináct let.

„Nevím, co mě nutilo poslat zvěda na horský hřeben," řekl Josef, „ale zachránilo nám to život. Talibánci tam na nás čekali. Kdyby nás zvěd nevaroval, abychom poslali nálet, celá naše jednotka by byla mrtvá."

Ne celá jednotka, jen ty…

„Říkala jsem ti, abyste nikdy nešli skrz hory," řekla jsem.

„To ano," Josef se tvářil zmateně, „ale když jsem ti o tom později psal a ptal se tě, proč jsi tehdy byla tak rozrušená, na nic z toho sis nepamatovala. Na všechno jsem zapomněl, až do chvíle, než jsme měli jít přes hory."

Josef… mi psal? A já… mu odepisovala zpátky? O čem jsme si psali ten rok, co byl pryč? A jak jsem se mohla ujistit, že jsem tu pro něj nebyla až do chvíle, než se Osud nade mnou slitoval a dovolil mi zkusit to znovu?

Ne nade mnou… nad *ním*. Osud zasáhl kvůli *němu*.

„Doufám, že sis schoval moje dopisy?"

„Ovšem, že ano," řekl Josef. „Všech 365."

Věnoval mi ten svůj milionový úsměv, zatímco mi otevřel dveře u spolujezdce a znovu mi připomněl, že druhá šance s ním, byl dar. Nasoukal se vedle na místo řidiče a ujistil se, že jsem připoutaná. Stiskla jsem mu ruku a nechtěla pustit.

„Kam jedeme teď?" zeptala jsem se.

Josef si bezmyšlenkově pohladil kapsu. Věděla jsem, kam chtěl jet. Do naší oblíbené restaurace, kde mě plánoval požádat o ruku. Určitě mi naplní hlavu sny o červnové svatbě… pokud mě tedy příliš nebude strašit myšlenka vdát se za muže, jehož dalších pět let bude patřit armádě. Bude trpělivý s mými obavami, protože už mi jednou odpustil a miloval mne natolik, že by klidně počkal, až dostuduji.

A já už nebyla zbabělá …

Hodinky ukazovaly šest třicet.

„Radnice je každý čtvrtek otevřená do sedmi," řekla jsem. „a oddávající je veterán. Přemýšlela jsem, jestli to neudělat teď?"

„To?" zeptal se Josef poněkud zmateně.

„Vzít se?" Můj hlas poněkud poposkočil.

Josef se mi vrhl kolem krku a hlasem, který byl něco mezi vzlykáním a smíchem, řekl ano.

~ KONEC ~

Norny od H.L.M.

Norny

Seveřané věřili, že osudu vládnou tři ledové obryně (jotuny), které tak měly v moci úděl bohů i lidí. Tyto Norny obývaly Urdinu studnu pod Yggdrasilem, stromem světů a jsou často spojovány s Valkýrami. Ovládají osud vyřezáváním run do kmene stromu nebo, jak se vypráví v novějších mýtech, tkáním osudu do tapisérie.

Urðr, nejstarší obryně, která má v moci minulost. Její jméno znamená „Co jednou bylo."

Verðandi, druhá nejstarší, má v moci přítomnost. Její jméno znamená „Co se možná stane" nebo „Co se právě děje"

Skuld, nejmladší obryně. Ovládá, co je nezbytné. Nezbytnost je jedna ze severských tradic, která se úplně nedá přeložit jako ‚budoucnost'. Její jméno znamená „Dluh" nebo „Co bude"

Seveřané věřili, že to je nezbytnost, nikoli osud, co určuje naši budoucnost a že čas není nezměnitelný, nýbrž se dá někdy změnit díky magii nebo silou vůle.

Prosím o chvilku Vašeho času...

Užili jste si tuto knížku? Pokud ano, byla bych vděčná, kdybyste zanechali recenzi. Knihy vydané malými vydavatelstvími, které nemají k dispozici marketingový rozpočet korporátních nakladatelství, nevydělávají zpátky tolik peněz, kolik stálo jejich vydání, pokud čtenáři nepublikují své pocity po přečtení knihy.

Děkuji!

Staňte se členem mojí Čtenářské skupiny

Pokud chcete mít přehled o nejčerstvějších novinkách, proč se nestát členem mé čtenářské skupiny? Slibuji, že se nejedná o žádný spam a Vaše osobní informace zůstanou v bezpečí.

Zašlete e-mail na adresu: Anna_Erishkigal@yahoo.com
Název: Přidejte si mě do svého českého zpravodaje.

Již brzy...

Gotický vánoční anděl

O autorce

Anna Erishkigal je advokátka vydávající knížky pod uměleckým jménem, aby její kolegové zbytečně nepřemýšleli nad tím, zda jsou některé právní spory v jejích knížkách rovněž fikce, či nikoli. Většina práva skutečně -je- fikce. Advokáti jen upřednostňují pojem „horlivé zastupování klienta".

Být svědkem temných slabin života podněcuje k vymýšlení zajímavých fiktivních postav. Takové, do kterých se chcete vtělit nebo o nich napsat knihu. Ve fiktivním světě si můžete pohrávat s fakty bez ohledu na skutečnost. Pokud Vám klient lže během soudních jednání, vypadáte pak hloupě akorát před soudcem.

A ještě jedna výhoda. Pokud se Vám fiktivní postava zprotiví, kdykoli ji můžete zabít.

Ostatní knihy

Hodinář: noveleta

Již brzy...
Gotický vánoční anděl
Chalífát: Napínavá post-apokalyptická novela
Meč bohů saga

Více českých knih na:
https://wp.me/P2k4dY-1kO

www.ingramcontent.com/pod-product-compliance
Lightning Source LLC
Chambersburg PA
CBHW071818190726
48292CB00008B/2889